La escuela de Elizabeti

por STEPHANIE STUVE-BODEEN

ilustrado por CHRISTY HALE

traducido por Esther Sarfatti

LEE & LOW BOOKS INC.
New York

Lee & Low Books Inc., 95 Madison Avenue, New York, NY 10016
leeandlow.com

Manufactured in China by RR Donnelley Limited, July 2015

Book Design by Christy Hale
Book Production by The Kids at Our House

The text is set in Octavian
The illustrations are rendered in mixed media

10 9 8 7 6 5 4 3
First Edition

Library of Congress Cataloging-in-Publication Data
Stuve-Bodeen, Stephanie.
[Elizabeti's School. Spanish]
La escuela de Elizabeti / por Stephanie Stuve-Bodeen ; ilustrado por Christy
Hale ; traducido por Esther Sarfatti. — 1st ed.
p. cm.
Summary: Although she enjoys her first day at school, Elizabeti misses her
family and wonders if it would not be better to stay home.
ISBN-13: 978-1-60060-235-1
[1. First day of school—Fiction. 2. Schools—Fiction. 3. Family life—Fiction.
4. Tanzania—Fiction. 5. Spanish language materials.] I. Hale, Christy, ill. II.
Sarfatti, Esther. III. Title.
PZ73.S7586 2007
[E]—dc22   2006032989

GUÍA DE PALABRAS EN SWAHILI

baba (BA-ba): papá

machaura (ma-CHO-ra):
    juego infantil con piedras

moja (MO-ya): uno

mbili (m-BI-li): dos

tatu (TA-tu): tres

nne (N-ne): cuatro

tano (TA-no): cinco

Para mis compañeros voluntarios del Cuerpo de Paz en Tanzania, con los buenos recuerdos de Saba Saba 1990. Asante a los Zimpfers y Yuuka, con mis mejores deseos a Haigan—S.S.-B.

Para Scott y sus gallinas,
y un agradecimiento especial a Jack y Barbara Gibney y Mary Goodspeed—C.H.

Era el primer día de escuela de Elizabeti.
Hacía lo posible por estarse quieta mientras
mamá le trenzaba el pelo, pero estaba tan
nerviosa que no podía dejar de moverse.

Cuando mamá terminó, Elizabeti se levantó de un salto. Dio vueltas y más vueltas en su nuevo uniforme de escuela.

Se agachó para tocar la superficie lisa de sus lustrosos zapatos nuevos. ¡Ya no tendría que ir descalza! Elizabeti sonrió. Sin duda, la escuela era un lugar muy especial.

Todavía era temprano para salir, así que Elizabeti decidió jugar con su gata, Moshi. Elizabeti sacó un hilo para que Moshi lo persiguiera, como hacía todos los días. Pero hoy Moshi no quería jugar.

Finalmente llegó la hora de irse. Elizabeti se despidió de Moshi.
Le dio un abrazo a Eva, su muñeca de piedra, y otro a su hermanita
Flora. Dejó que su hermanito, Obedi, le diera un beso baboso.

Después mamá le acarició la cabeza y, ya a punto de salir de casa con Pendo, su hermana mayor, les dijo a las dos que se portaran bien.

Al principio Elizabeti caminaba muy deprisa, pero según se iban acercando a la escuela comenzó a ir más despacio. Pendo tomó a Elizabeti de la mano y la llevó al patio de la escuela. Por todas partes había niños y niñas que reían, gritaban y cantaban. Con tanto ruido Elizabeti se sintió tímida. Miró el camino por el que habían venido y pensó que le hubiera gustado quedarse en casa.

Pero en ese momento Rahaili, una amiga de Elizabeti, la agarró de la mano y la llevó hacia un grupo de niñas que estaban arrodilladas en el suelo. Estaban jugando *machaura*, un juego con piedras. Elizabeti sonrió. ¡Le encantaba jugar con piedras!

Elizabeti observó cómo Rahaili cavaba un pequeño agujero y lo llenaba de piedras. A continuación, Rahaili lanzó una piedra al aire y, con la misma mano, eligió una piedra del agujero. Después, también con la misma mano, atrapó la piedra antes de que cayera al suelo. La próxima vez eligió dos piedras, y luego tres. Elizabeti había empezado a cavar un agujero cuando la maestra hizo sonar el timbre.

Elizabeti hizo fila para entrar con los demás niños. Se sentó en un banco en la parte delantera del aula. La maestra comenzó a contarles todas las cosas que harían en la escuela, pero a Elizabeti le costó trabajo prestar atención. Se preguntó si Flora la extrañaría o si mamá necesitaría su ayuda para limpiar el arroz.

Los demás niños empezaron a copiar las letras que la maestra había escrito en la pizarra. Elizabeti también comenzó a copiarlas, pero no podía dejar de preguntarse si Obedi la buscaría para salir a pasear o si Eva, que se había quedado en un rincón, se sentiría sola sin ella. Elizabeti no sabía si ellos la extrañaban. ¡Ella sí que los extrañaba a todos!

Después de las lecciones, los niños salieron al patio. Algunos de los niños mayores tocaron los tambores mientras las niñas bailaban. Elizabeti no conocía la danza, pero una de las niñas mayores la tomó de la mano y se la enseñó. A Elizabeti le gustó tanto que no quería dejar de bailar cuando llegó la hora de volver a clase.

Cuando volvieron al aula, la maestra les enseñó a Elizabeti y a los otros niños pequeños a contar hasta cinco. "*Moja, mbili, tatu, nne, tano*". Después de repetir las palabras varias veces, Elizabeti ya pudo decirlas sin ayuda.

Más tarde, la maestra les leyó un cuento. Después del cuento, ya se acabó la clase. Elizabeti y sus compañeros de clase se quedaron para trabajar en el huerto de la escuela. Elizabeti ayudó a recoger cebollas y tomates.

De camino a casa, los zapatos nuevos de Elizabeti
empezaron a lastimarle los pies, así que se los quitó.
Le pareció maravilloso sentir otra vez la tierra
caliente en las plantas de los pies.

Al llegar a casa, Elizabeti estaba tan contenta de ver a su familia que les dio a todos un abrazo.

Se puso su ropa de siempre, que mamá había lavado. Todavía estaba caliente de secarse al sol y mucho más suave al tacto que la ropa nueva que usaba para la escuela.

Elizabeti ayudó con las tareas de la casa, jugó con Eva y Obedi y ayudó a mamá a bañar a Flora. Estaba tan contenta de estar otra vez en casa que decidió que no quería volver a la escuela.

Elizabeti salió a buscar a la gata. No encontraba a Moshi por ninguna parte. Finalmente, mamá llamó a Elizabeti. Entró corriendo y vio que mamá estaba arrodillada al lado de su cama, sonriente. Obedi estaba a su lado, dando saltos.

Elizabeti miró debajo de la cama. Moshi estaba dormida, hecha
un ovillo, pero no estaba sola. Acurrucados con ella había varios
gatitos recién nacidos.

Elizabeti sabía que no debía molestarlos, pero en ese momento tuvo una idea. Señaló a cada uno de los gatitos con el dedo mientras decía: "*moja, mbili, tatu, nne, tano*". Mamá se sorprendió y la abrazó. ¡Elizabeti ya sabía contar!

Esa noche Elizabeti contó los gatitos para *baba* y trazó unas letras
en la tierra para demostrar lo que había aprendido en la escuela.
Mamá y *baba* estaban muy orgullosos.

Pendo y Elizabeti bailaron, y todos rieron cuando Obedi trató de imitarlas.

Elizabeti quería enseñarle a mamá cómo jugar *machaura*, pero se
sorprendió al ver que mamá ya sabía y además se le daba muy bien.
Las dos jugaron hasta la hora de dormir.

Elizabeti se metió en la cama y abrazó a Eva. Miró su ropa nueva para la escuela, que estaba colgada cuidadosamente al lado de la puerta. Pensó en lo bien que se sentía cuando les enseñaba a mamá y a *baba* todas las cosas nuevas que había aprendido.

Elizabeti cerró los ojos y escuchó el ronroneo constante de Moshi mientras los gatitos maullaban de vez en cuando. Elizabeti decidió que le daría otra oportunidad a la escuela, pero sin duda donde mejor se estaba era en casa.